WOOFY

# Woofy doit garder un secret

– Woofy ! Woofy ! s'écrie Antoine, tout joyeux, en entrant dans sa chambre.
Woofy, un peu surpris, s'arrête de construire son château de cartes.
– Que t'arrive-t-il ? tu as l'air tout excité, il s'est passé quelque chose à l'école ?
– C'est que... J'ai un secret, sourit Antoine en prenant Woofy dans ses bras, et si tu veux, je peux te le dire.

– Génial ! s'exclame Woofy, j'adore les secrets ! Dis-le moi vite !
– D'abord, tu dois me promettre que tu ne le répéteras à personne.
– Promis, juré ! s'exclame Woofy en levant la patte et en dressant l'oreille.
Confortablement installé sur le lit, Antoine chuchote alors son secret à son meilleur ami.

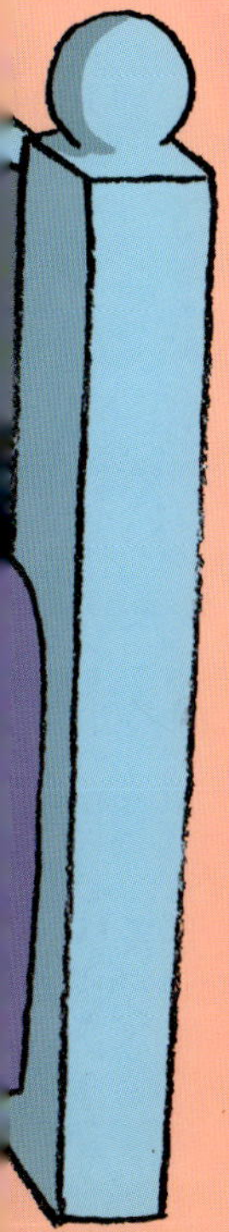

– Bonjour Monsieur ! Antoine est là ? J'ai oublié un jouet là-haut.

– Bonjour Rémi ! Antoine est parti chez le dentiste, mais tu peux monter au grenier le récupérer, propose le papa d'Antoine.

Tout content, Rémi se précipite vers les escaliers.

Au grenier, Rémi trouve Woofy qui tente pour la dixième fois de terminer un château de cartes. Il souffle sur le château qui tremble puis s'écroule.

– Très drôle, dit Woofy en se retournant, tu peux toujours rire, mais moi j'ai un secret que tu ne connais pas.

À ces mots, Rémi redevient sérieux.

Rémi est un petit garçon très curieux qui adore connaître les secrets de ses amis. À genoux, il supplie Woofy de tout lui dire.

– C'est un secret d'Antoine, lui répond Woofy, et j'ai promis de ne pas le répéter.

– Même si je t'aide à reconstruire ton château ?

– Je n'ai pas besoin de toi pour ça, grogne Woofy encore un peu en colère.

– S'il te plaît, insiste Rémi.

– Lave-toi les oreilles, Rémi ! Je t'ai dit non, c'est non !

Rémi réfléchit et il lui vient une idée. Il soulève une oreille de Woofy et lui chuchote doucement :

– Et si je t'échangeais le secret d'Antoine contre des gâteaux que prépare ma maman ?

Woofy s'en lèche déjà les babines.

– Elle sait faire des choux à la crème ?

– Oui, et aussi des éclairs au chocolat, du flan…

– Je te dis le secret, mais tu ne le répéteras à personne. Promis ?

– Promis.

Mais le soir, alors qu'ils jouent aux petites voitures, Woofy avoue à Antoine qu'il a répété son secret à Rémi.

– Tu n'avais pas le droit, se fâche Antoine, tu m'avais promis !

– Je sais. Mais… euh… enfin… c'est Rémi qui…

Woofy n'a pas le temps de s'expliquer. Antoine lui coupe la parole.

– Woofy ! Puisque tu n'as pas tenu ta promesse, je ne te confierai plus jamais de secret, lui dit-il d'un ton grave avant de sortir de la chambre.

Woofy rejoint Antoine dans le grenier. Il voudrait l'aider à ranger les jouets qui traînent par terre. Il voudrait se faire pardonner pour l'histoire du secret. Mais Antoine n'a pas besoin de lui. Il est trop déçu.

– On pourrait jouer à cache-cache ? propose Woofy.

– Non. Je n'ai pas confiance. Tu risquerais de tricher, lui lance Antoine.

La nuit est tombée et tout le monde dort dans la maison. Mais Woofy, lui, réfléchit. Il est trop triste pour pouvoir s'endormir.
– Si Antoine n'a plus confiance en moi, c'est que je ne suis plus son ami. Et si je ne suis plus son ami, je n'ai plus rien à faire ici. Je dois partir. Tout de suite, se dit-il en soupirant profondément.

– Woofy ! appelle joyeusement Antoine comme chaque matin.
Mais Woofy n'est pas dans le lit.
– Où a-t-il bien pu se cacher ? se demande Antoine en le cherchant dans la chambre, dans le grenier, puis dans toute la maison.

En sortant dans le jardin, Antoine tombe nez à nez avec Rémi, les bras chargés de succulentes pâtisseries.

– Tu n'aurais pas croisé Woofy ? lui demande-t-il de plus en plus inquiet.

– Euh… non… Pourquoi, il a disparu ? répond Rémi, un peu gêné.

– Et c'est pour qui, tous ces gâteaux ? interroge Antoine soudain soupçonneux.

– Euh… C'était pour lui… Mais c'est moi qui… Je vais tout t'expliquer.

– Pas la peine. J'ai compris. Aide-moi à le retrouver maintenant !

– Woofy ! Woofy ! crient Antoine et Rémi à tue-tête. Où es-tu ?
Pas de réponse. Woofy demeure introuvable.
Tout à coup, Antoine découvre des cartes dispersées sur la pelouse.
Et elles mènent tout droit à sa tente d'Indien !
– Je te laisse les gâteaux, dit Rémi. Vous avez sans doute beaucoup de choses à vous dire avec Woofy. Salut !

Assis près de son baluchon, Woofy a l'air complètement désespéré.

– Woofy ! Tu m'as fait peur, j'ai cru que tu étais parti ! s'écrie Antoine en le rejoignant.

– Je voulais, mais je n'ai pas eu le courage d'aller plus loin. C'est parce que je croyais qu'on n'était plus amis.

– Tu sais bien qu'on est amis pour la vie ! le rassure Antoine, j'étais fâché, c'est tout !

Woofy est ravi. Antoine l'aime donc toujours !
– Et tu me pardonnes ? demande-t-il en regardant les gâteaux avec envie.
– Mais bien sûr, gros bêta. Enfin... pour cette fois.
– Tu me diras un autre secret, un jour ?
– Tu veux connaître mon plus grand secret ? J'ai un vrai chien et tout le monde croit que c'est une peluche ! s'exclame Antoine en sautant de joie.
– Alors, à nous ces bons gâteaux ! conclut Woofy en riant aux éclats.

Fin

>PARENTS — Entretien avec le psychologue Harry Ifergan

# Savoir garder un secret...

***Que représente un secret ?***
Le secret est étroitement lié à la notion d'intimité. En confiant un secret, on partage un peu de soi-même. Cela permet de tisser de nouveaux liens.

***À quel âge a-t-on des secrets ?***
Les véritables secrets commencent vers l'âge de 6-8 ans. Car l'intimité s'éveille quand le complexe d'Œdipe s'éteint. Ainsi, celle-ci est bien installée aux alentours de 9 ans chez les filles et de 10-11 ans chez les garçons. Cela dit, on vit aujourd'hui une petite révolution dans le mode d'acquisition de l'intimité. Elle s'acquiert de plus en plus vite, car les parents introduisent très tôt chez l'enfant la notion de respect de la personne et de son corps. Il n'est donc pas rare qu'à 4 ans déjà, le sens de l'intime soit inculqué.

***Le secret est-il une constituante de l'amitié ?***
On peut nouer une amitié sans secret, mais partager un secret la renforce. Il faut une réciprocité pour qu'il y ait égalité dans l'amitié. Celui qui reçoit le secret est riche de la confiance qu'on lui accorde, ainsi que du secret en lui-même. Celui qui le donne reçoit en retour, sans s'en rendre compte, la confiance de son ami. Cet échange renforce leur amitié.

***Un enfant peut-il garder un secret ?***
Non. Il faut être adulte, et encore... pour y parvenir. On peut d'ailleurs mesurer sa capacité à être adulte à sa capacité à préserver un secret. Savoir renoncer à divulguer un secret est une preuve de maturité que les enfants ne détiennent pas encore. Or, dire un secret est toujours tentant, car on se sent « enrichi » de ce qui

est cher à son confident, et l'on tient à le faire savoir.

***Que ressent l'enfant lorsqu'il est trahi ?***
Celui qui est trahi a l'impression d'être mis à nu. Il reproche davantage la trahison que la révélation du secret en lui-même. D'ailleurs dans l'épisode de Woofy, on ne sait pas quel est ce secret. Et peu importe ! Seule compte la trahison. Mais cette expérience de divulgation du secret n'est pas si négative. Celui qui a trahi voit son ego mis à mal. Il devra apprendre à tenir sa langue pour mériter à nouveau la confiance. Entre-temps il a appris à mieux se connaître.
Celui qui est trahi apprendra, de son côté, à révéler ses secrets avec parcimonie.

***La réaction de dépréciation de Woofy est-elle habituelle chez l'enfant ?***
Cela dépend de la maturité de l'enfant. S'il est mûr, il saura reconnaître ses torts et il apprendra à ne pas se surestimer. Dans le cas contraire, il risque d'avoir une réaction de fuite, jusqu'à nier ce qui vient d'arriver.

***Comment l'enfant trahi peut-il être incité à redonner sa confiance ?***
En tant que parent, je dirais à mon enfant « Donne-lui une seconde chance. Tu sauras, le moment venu, s'il faut lui refaire confiance. Une expérience unique n'est pas forcément une expérience définitive. En revanche, s'il recommence, prends tes distances ! »

***Comment aider son enfant à lutter contre la manipulation ?***
La manipulation est, dans cet épisode, incarnée par Rémi avec ses gâteaux si tentants. Elle est très fréquente chez les enfants, et ce, dès l'âge de 3 ans. Il faut apprendre à son enfant que cela fait partie de la vie. Ensuite, l'expérience de chacun fera le reste...

***Quelle doit être la réaction des parents du jeune manipulateur ?***
L'enfant qui a tenté de soudoyer un peu trop un camarade, est prêt à entendre ses parents lui indiquer certains principes : ne jamais abuser de l'autre, éviter de se moquer, ne pas profiter de sa faiblesse ou de son handicap, ne pas « acheter » un ami par la ruse, etc.

**Harry Ifergan**

*ALPHANIM présente*

WOOFY

d'après la série télévisée WOOFY™.
Produite par (saison 1 – épisodes 1 à 65) : Alphanim, France 5, Les Productions Tooncan Inc., en association avec Cofinova 1.
Avec la participation du CNC (Centre National de la Cinématographie) – Avec le soutien de la région Poitou-Charentes et du département de la Charente.
Développée avec le soutien du Programme MEDIA de l'Union Européenne.

Créée et écrite par Alexandre Révérend – Bible graphique par Jan Van Rijsselberge – Réalisée par Dominique Etchecopar – Musique par Laurent Atkin.
Auteur de l'épisode "Woofy doit garder un secret" qui a inspiré le présent ouvrage : Nicolas Verpilleux.



Illustration de couverture : Christophe Malcombe.
Ont contribué à la réalisation de cet ouvrage : L. Bouton, F. Class, P. Coatanlem, E. Gildé, M. Glayrouse, H. Ifergan, G. de La Bretesche,
B. Legendre, S. Léger, F. Le Poul, F. Michaud, C. Moubinous pour Fujiyama, C. Petitpas, A. Pichlak, I. Prince.

ISBN : 2 84203 743 X
Loi n°49956 du 16 juillet 1949 sur les publications destinées à la jeunesse..
Dépôt légal : septembre 2005. Imprimé en Chine par SNP.



alphanim Tooncan PRODUCTIONS inc. 5 RÉGION Poitou Charentes Dynamiques et Solidaires DEPARTEMENT DE LA CHARENTE CNC MEDIA